凯斯特纳儿童文学精品

聪明骑士
堂吉诃德

［德］埃里希·凯斯特纳　著

［德］豪斯特·莱姆科　绘

侯素琴　译

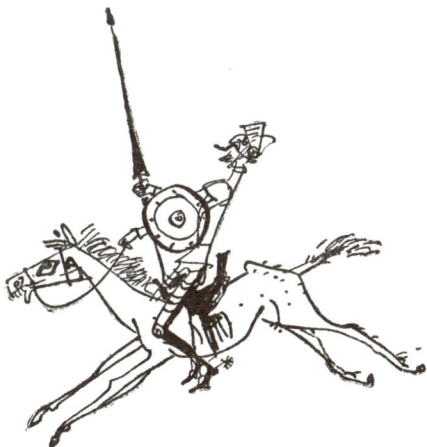

CNS
PUBLISHING & MEDIA
中南出版传媒

湖南少年儿童出版社
HUNAN JUVENILE & CHILDREN'S PUBLISHING HOUSE

图书在版编目（CIP）数据

聪明骑士堂吉诃德 /（德）凯斯特纳著；（德）莱姆科绘；侯素琴译. —长沙：湖南少年儿童出版社，2018.6（2018.9 重印）
（凯斯特纳儿童文学精品）
ISBN 978-7-5562-3323-6-01

Ⅰ．①聪… Ⅱ．①凯… ②莱… ③侯… Ⅲ．①儿童故事－图画故事－德国－现代 Ⅳ．① I516.85

中国版本图书馆 CIP 数据核字（2017）第 132282 号

Don Quichotte
Author: Erich Kästner; Illustrator: Horst Lemke
Copyright © Atrium Verlag, Zürich 1956
Chinese language edition arranged through HERCULES Business & Culture GmbH, Germany

聪明骑士堂吉诃德
CONGMING QISHI TANGJIHEDE

总 策 划：吴双英
责任编辑：周亚丽　畅　然
版权引进：畅　然
封面设计：陈　筠
内芯设计：风格八号
质量总监：阳　梅

出 版 人：胡　坚
出版发行：湖南少年儿童出版社
地　　址：湖南省长沙市晚报大道 89 号　　**邮　　编**：410016
电　　话：0731-82196340　82196334（销售部）0731-82196313（总编室）
传　　真：0731-82199308（销售部）0731-82196330（综合管理部）

经　　销：新华书店
常年法律顾问：北京市长安律师事务所长沙分所　　张晓军律师
印　　刷：长沙湘诚印刷有限公司
开　　本：880 mm×1230 mm　1/32
印　　张：4
字　　数：6 万
版　　次：2018 年 6 月第 1 版　　**印　　次**：2018 年 9 月第 2 次印刷
书　　号：ISBN 978-7-5562-3323-6-01
定　　价：24.00 元
质量服务承诺：若发现缺页、错页、倒装等印装质量问题，可直接向本社调换。

聪·明·骑·士·堂·吉·诃·德

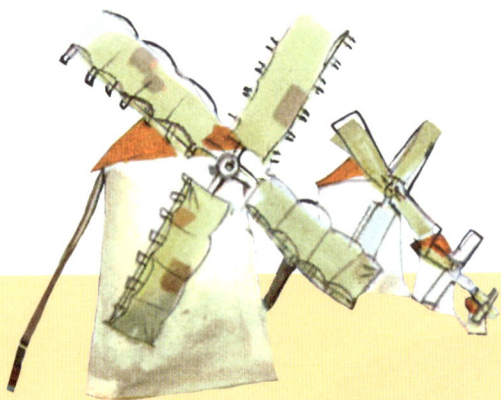

目录

"如果可能的话，你们最喜欢生活在哪个时代？"

说在前面的话

最近，有位插图画家询问他的读者："如果可能的话，你们最喜欢生活在哪个时代？"答案各式各样，如鲜花般缤纷多彩。一位来自施韦因富特、做进口生意的商人告诉画家说，他最想生活在公元前 500 年左右，当个古希腊人，如果可能，还要做在奥林匹亚战争中的胜利者。可现在的他不仅没有戴上胜利者的桂冠，反而得不太情愿地在店里卖那些袋装的月桂果。

吕贝克的布林克曼夫人的信里写道，她最大的愿望是做一位即将接受坚信礼的年轻小姐，生活在 18 世纪的贵族

宫廷中，梳着高贵的发式，身穿丝质的钟式长裙[1]。那她就会嫁给萨克森帅气的莫里茨将军而不是现在的布林克曼先生。巴黎和凡尔赛远比吕贝克和特拉弗明登漂亮。她有资格对这两个地方进行评论，因为去年她曾跟旅游团到巴黎游玩了八天。

1　6 到 18 世纪用鲸骨圈或藤圈撑起来的长裙。

每个读者都有自己的想法。有人想当三十年战争时瑞典的骑兵大将，有人想当中国王朝的政府官员，还有人想当埃及克里奥帕特拉女王时期掌管酒窖的官。只有来自巴门－埃尔北斐特的普法内施蒂尔先生（锅柄先生）写道：

我，正是最后签名的人，

想永远做巴门－埃尔北斐特的普法内施蒂尔先生，

住克鲁姆大街 7 号，专卖剃须刀片。

致以崇高敬意！

谦卑的威利巴尔德·普法内施蒂尔

　　威利巴尔德·普法内施蒂尔很满足于他的命运。这是个特例，像枚稀少的邮票一样罕见。

　　我将要给你们讲述堂吉诃德的冒险故事。堂吉诃德是一个潦倒的西班牙贵族，一生都梦想着自己是名全副武装的骑士，配有盔甲、盾牌、剑和　匹能征善战的雄马。尽管在大约350年前，就是在他生活的年代，骑士也早已经消失了！如果只是堂吉诃德自己做骑士梦，坐在家里的靠椅里幻想一下也就罢了，也不会引起任何轰动。但是他自己倒是很舒服，别人可就受苦了！他从来都不是去幻想："啊，如果我是勇敢的骑士！啊，如果我能帮助那些弱者和受着苦难的人！啊，如果有冒冒失失的敌人让我来打败他们！那该多好啊！"没

有，他从来都不去做这些假设，反而激动地从靠椅里跳起来，一拳打在桌子上，两眼放光，大叫："我就是骑士！我有敌人！我要去帮助弱者！"接着，他从地上抓起曾祖父当年穿过的铁质盔甲，擦掉上面的灰尘，抹去蜘蛛网和铁锈，修理了头盔和面甲，之后就钻了进去，系好头盔，从马厩里牵出

马来，这匹马跟他自己一样干瘦。堂吉诃德嘎吱嘎吱地跳上马，先坐稳，然后就骑着出发了。

有关堂吉诃德的历险故事，米格尔·德·塞万提斯已经写过，他在书中说，导致堂吉诃德做那些怪事的原因是当时流行的数量可观的骑士小说，他可能统统都读过。这是有可

能的。前不久，一对看过 370 部北美西部惊险片的新人在慕尼黑婚姻登记处登记结婚。他们骑着马，穿着牛仔的衣服，身配转轮手枪和套马用的套索，这可是婚姻登记处的人看到的稀罕事。不过，至少这对年轻的新人还知道他们叫巴赫迈尔，工作日的时候，新郎不是骑马穿梭在美洲的大草原，而是在施瓦冰检查煤气表。

堂吉诃德可就不一样了，看了小说后他变得疯疯癫癫的！（呵，在你们身上肯定不会发生这样的事情！）

打群架和骑士的晋封仪式

家里的女管家和她的侄女四处寻找她们的主人堂吉诃德先生，都没有找到。侄女就叫来她的牧师和理发师朋友，四个人一块找。结果他们发现，连马也不见了。他们焦虑万分地等待着，可堂吉诃德还是音讯全无。

与此同时，堂吉诃德骑着他那匹瘦弱的老马洛基南特，越过尘土弥漫的街道，途经农田和橄榄林，直奔塞维利亚，好在那里行侠仗义。湛蓝的天空，万里无云。火辣辣的阳光

堂吉诃德真是汗流浃背，
可他还是咬紧牙关，心想：
真正的骑士不能抱怨。

照得草丛散发出一股被烤焦的味道。人和马都口
渴难耐，可是到处都没有池塘，也看不到酒馆。
堂吉诃德怎么都摘不掉他头上的头盔，原来他把
头盔下面的带子打了个死结，可现在怎么也解不
开！汗水刺痛了他的眼睛，穿着厚厚的铠甲，堂
吉诃德真是汗流浃背，可他还是咬紧牙关，心想：
真正的骑士不能抱怨。

"我碰到的第一个人得晋封我为骑士！"

　　他突然像想起什么可怕的事情，大叫："我还不是骑士呢！"马也吓了一跳，一口气连续跑了 10 分钟，就好像被丸花蜂蜇了一下。它终于停下来，耷拉着它的长舌头。"我压根儿还不是骑士，"堂吉诃德万分苦恼，又重复了一遍，"我还没有接受晋封！"但是很快，他就把苦恼抛到了九霄云外。他朝后甩了甩脑袋，那个头盔跟着当啷一声。他情绪高昂地说："我碰到的第一个人得晋封我为骑士！"

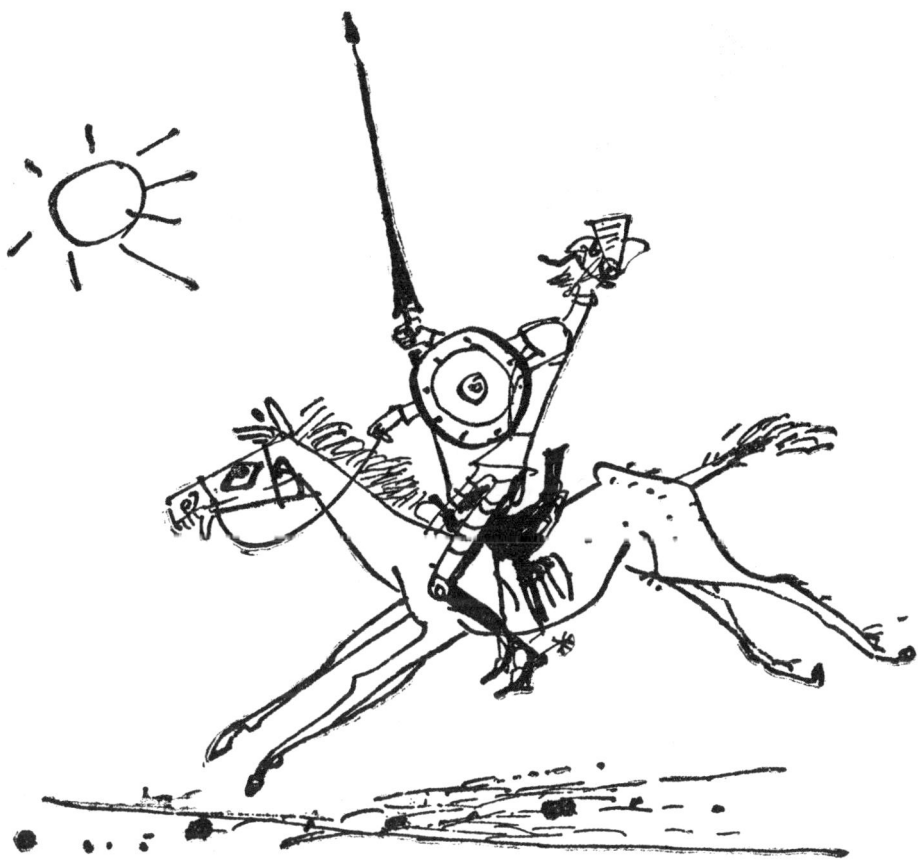

　　他碰到的第一个人，是个胖胖的酒馆老板。酒馆老板正坐在酒馆柜台前，身边带着几个喂驴的伙计和两个女招待。这是个简陋得有点荒芜的酒馆，堂吉诃德却把这里当成是城堡，酒馆老板就是城堡的主人，女招待就是城堡里的侍女。他被扶下马，跪在老板面前，请求老板给自己举行一个盛大的骑士封号授予仪式，因为，如果没有被授予骑士封号，他就不能去保护穷人，也不能去打坏人。酒馆的老板不知道自己是该笑还是要害怕，他还是接受了这个任务。不过老板说，

他们得等到第二天一早太阳升起的时候，这是授予骑士封号的规矩。将被授予骑士的人前一夜要看护他未来的武器，最好是在城堡的祈祷室里。酒馆里虽然没有祈祷室，但是城堡大院也不错。"就在城堡后院吧。"老板说，因为这个奇怪的客人把酒馆看成了一座城堡。

　　堂吉诃德同意了，站起身来坐到桌子旁。桌上摆着鳕鱼干、硬面包和酸葡萄酒。女招待们想帮他摘下头盔，可怎么也解不开头盔下的死结。她们不得不一点一点地喂东西给这位未来的骑士，因为他的嘴巴只能张开一条缝，喝酒只能借助一根麦秸吸管。

　　夜里，堂吉诃德自己终于把头盔取了下来，他把铠甲和头盔小心翼翼地放在井边牲口的食槽里，警惕地在院子里走来走去。胳膊下还夹着他的长矛，这才像那么回事。几个小时过去了，两个喂驴的伙计来到井边，要给他们的牲口饮水。因为他们要往食槽里倒水，就把堂吉诃德的铠甲

和头盔随便一扔，不知丢在了哪个角落。他们真不该扔他的东西！说时迟那时快，堂吉诃德立刻赶到，用长矛猛击他们的头。他们跌倒在地，大声尖叫着。酒馆老板立刻从床上蹦了起来，跑下楼，看到伙计被打，他大吃一惊，喊道："够了，尊贵的先生！快跪下！太阳升起来了！"

堂吉诃德一听，立刻穿上铠甲，

戴好头盔，跪在地上让那个胖胖的家伙册封自己为骑士。酒馆老板口中念念有词，用剑敲打着堂吉诃德的肩膀。堂吉诃德觉得这一切神圣极了。千恩万谢后，他拿起武器，跳上自己的老马奔出酒馆大门，身后传来女招待们的笑声和伙计们的咒骂声。堂吉诃德终于成了真正的骑士。

堂吉诃德终于成了真正的骑士。

十字路口的历险

太阳一如既往地灼烤着西班牙高原。洛基南特不知疲倦地朝一个方向奔去。几个小时以来，它一直走在回家的路上，它想回到马厩里。堂吉诃德完全没有发现，他心里一直在想能否找到一位尊贵的女士，他要以这位女士的名义去战斗。最终他想起了一个名字：阿尔东莎·洛伦佐。这是邻村的一个农家女，长着漂亮的脸蛋，体格强健，他还曾经爱上过她。只是他觉得女孩的名字听起来有点俗气，所以他就绞

尽脑汁要给女孩想个名字。他左思右想，反复考虑，最后觉得杜西尼娅·封·托波索这个名字最好。听起来多气派啊！他马镫一夹，疾驰在乡间马路上，还一个劲儿地喊："杜西尼娅·封·托波索是西班牙最漂亮最高贵的女士！"就这样喊着，他来到一个十字路口，那里正好停着六个骑马人，还有他们的随从和马夫。他们是从托雷多来的富商，要去穆尔西亚卖丝绸。"杜西尼娅·封·托波索是西班牙最漂亮最高贵的女士！"堂吉诃德喊，"您觉得呢？"其中一个富商说："我们根本不认识您的杜西尼娅！"还有个商人说："给我们看看她的画像！要不然我们就不能说她漂亮！"第三个人不屑地说："也许她长着一对斜视眼，牙齿上还长着洞呢！"所有人都大笑。

堂吉诃德一听，暴跳如雷。"我饶不了你们！"他吼着，

端起矛就要跳到这些先生身上。他起跳那一下一定是糟糕极了。刚起跳到一半的时候，老马脚下一个踉跄，带着背上的他一下摔在了路中间。堂吉诃德想爬起来，继续为他的女士战斗。可是，身上那些盾牌、长矛和头盔实在是太重了。还没等站起来，富商的马夫们已经奔上前，折断了他的长矛，

每个人拿一小截，对他一顿乱打，渐渐地，他被打昏了过去。

当可怜的骑士苏醒过来的时候，那些人早已经越过山头不见了。他疼得龇牙咧嘴，哇哇乱叫，幸好有位同乡正好骑驴路过这里，他先把马扶起来，然后认出了堂吉诃德，小心翼翼地把他托到驴背上，送他回家。

天色已黑，女管家和侄女，牧师和理发师都很高兴，因为出走的堂吉诃德又回来了。他全身青一块紫一块的，人们把他放在床上，给他冷敷。他居然吹牛说自己跟十个巨人打了一仗。可是人们都不怎么相信他，只是不断让他喝着用来发汗驱寒的甘菊茶。

他居然吹牛说自己跟十个巨人打了一仗。

与风车作战

　　堂吉诃德骑士得在床上卧病休养十四天，女管家想，他肯定已经厌烦了去冒险。可是，某日清晨，他又失踪了！这次不只是他和马，还有他们的邻居桑丘·潘沙和他的驴子。桑丘·潘沙是有家室的人，他的老婆带着孩子们找到堂吉诃德的女管家和侄女，他们闹得不可开交，整个房子都不得安宁。

到底是什么让桑丘·潘沙想起来要跟这个疯狂的骑士一起出走呢？就连他的脑子也缺了根弦吗？

到底是什么让桑丘·潘沙想起来要跟这个疯狂的骑士一起出走呢？就连他的脑子也缺了根弦吗？当然，这个矮矮胖胖的邻居没那么疯狂，可是，我们得承认，他的脑子确实相当笨。堂吉诃德告诉桑丘·潘沙，他要征服所有的地区、岛屿和国王的领地，然后册封现在还在当伙计和马夫的桑丘为伯爵或者公爵，要不还可以封他为国王，这对小个头的胖子来说真是无法抵制的诱惑。

　　他们就这样朝前走着，桑丘·潘沙仔细想了想说："我
其实很喜欢当国王。可是，那样的话我的老婆就会当王后，
我看，她当不成，她不是当王后的那块料。那就封我为伯爵
吧，那她也就是个伯爵夫人，这个她还能胜任。"

　　"不必那么谦虚！"骑士回答道，"人人都想当大官！
我至少也要封你做总督，就这么定了！"

　　"那好吧，"桑丘·潘沙说，"封我为总督，我老婆就
是总督夫人！我们要学着当总督的样子！"说着，他从驴鞍
上解下酒囊，美美地喝了一大口。

*"每个巨人都长着
四条胳膊！"*

　　傍晚，他们到了一座山丘附近，山丘上竖着三十到四十座风车。突然，堂吉诃德从马镫上站起来，大喊："看见山上的巨人了吗？"桑丘·潘沙正啃着面包和火腿，说："巨人？在山上？我只看到风车！"

　　"是巨人！"骑士接着喊，"每个巨人都长着四条胳膊！"

　　"不是的，"马夫桑丘·潘沙的嘴巴边嚼着东西边说，

"那是风车，每个风车都有四个翅膀！"可是，他的主人已经举起长矛，朝着山头大叫："以杜西尼娅·封·托波索女士的名义，你们投降吧！"他两腿一夹，策马狂奔而上。

就在堂吉诃德接近风车，准备用长矛刺穿风车翅膀时，突然一阵风吹来。风车的翅膀转了起来，长矛被转动的翅膀打成了碎片。骑士连人带马在空中画出一道弧线后掉在地上，动弹不得，就好像全身的骨头都断了一样！桑丘·潘沙吓坏了，一路小跑，老远他就开始喊："您很疼吗？"堂吉诃德吃力地直起身来，自豪地说："骑士是不会疼的。就算是有那么一点疼，也不会抱怨。"

"太好了，幸好我不是骑士！"矮胖子边喊边把他从地上扶起来。

他毫无睡意，在为
自己的失败而伤心，
也憧憬着新的胜利。

两个人继续前行，骑士弯着身子斜挂在马鞍上，老马一瘸一拐地几乎走不成路。天色已晚，他们决定宿营，就在冬青树林子里停了下来。桑丘·潘沙又吃又喝，把自己裹得严严实实的，一下就鼾声如雷，连树梢都被他的呼噜震得来回抖动。堂吉诃德既没吃也没喝，更没有睡觉。他从树上折下一根结实的树枝，削成长矛。他毫无睡意，在为自己的失败而伤心，也憧憬着新的胜利。

半只耳朵和半个头盔

几天之后，他们到了海边，老远就看见位于蓝色海湾的拉皮塞港口。堂吉诃德急切希望能在海边让他自制的冬青树长矛大显身手。"现在你得听好，"他威严地命令桑丘·潘沙，"你不能跟骑士打仗，只能跟马夫和小徒弟们交手，因为你不是骑士！"

"您不必担心！"矮胖子说，"我既不跟骑士打，也不跟马夫们打，因为我是个热爱和平的人。要是有人烦我，我最多就是生气而已。"

"你也不要来帮我，因为我是骑士！"他的主人继续说，"就算我处境很危险也不要！"

"严格遵命，"桑丘·潘沙说，"我是热爱和平的人。"

"你也不要来帮我，
因为我是骑士！"

中午，他们碰到了大队人马。两个本笃会修士骑着骡子走在队伍前面，旁边跑着几个马夫。后面跟着一辆马车，车里坐着一位美丽的女士和她的女仆，并由骑兵陪同。这位女士要前往塞维利亚跟她丈夫见面，据说，她的丈夫要被西班牙国王派往西印度。

　　"看到那两个
巫师了吗？"堂吉
诃德激动地问道。
　　"没有啊，"桑丘·潘
沙说，"我只看到两个修士。"
　　"他们是巫师！"骑士喊，"他们在马车里绑
架了一位公主！"
　　"啊，在哪里？"矮胖子说，"您是自己编出来的吧！"

可是，还没等他说出来，堂吉诃德已经朝人群冲过去，大家都惊愕地不知所措。一个修士吓得从骡背上摔了下来，另一个冲到了田里，马车里的女士大喊救命。"我来了！"堂吉诃德叫喊着，"我来救您！"他拔出剑来，把盾牌举在胸前。有个骑兵拔出佩剑，拿马车里的靠垫作盾牌。两个人短兵相接，发出丁零

当啷的响声。

　　这期间，桑丘·潘沙试着冲进去，想拽走地上那个修士身上的长袍作为战利品，结果被那些摔倒的马夫压得动弹不得。车里的女士号啕大哭。堂吉诃德和他的敌人们打得正酣，空气都在颤抖。"盾牌"裂了，无数羽毛从靠垫里飞了出来，剑也被打弯了。突然，半个头盔加上堂吉诃德的半只耳朵掉在了地上。这让骑士异常愤怒，他不停地打啊打，直打到对手鲜血直流，从马上摔下来。

堂吉诃德用剑抵住对方的胸膛，让他、女士、女仆、骑兵、修士和马夫郑重发誓，马上出发去托波索，给杜西尼娅小姐汇报他的英雄壮举。那些人恐惧万分，按照堂吉诃德的命令发誓，说了他爱听的话之后，一行人匆匆地扬尘而去。他们压根儿没有去托波索，而是直接前往他们的目的地塞维利亚。

桑丘·潘沙一边给堂吉诃德的半只耳朵上药膏，缠绷带，一边好心地说："骑士是个很辛苦的职业，尊敬的先生。请您以后少跟人打仗吧！我不需要国王的领地，您不必那么努力！当个中等大小的伯爵对我来说就足够了。"

"骑士是个很辛苦的职业，尊敬的先生。"

中了魔法的客栈

　　可是，在接下来的旅途中，他们的历险也不见得少。谁要想成为一名骑士（尽管这个年代已经没有骑士），他一定会在街上的每个角落都能碰到意外的坏事。一次是堂吉诃德救了十二个被判处在橹舰上划桨的囚犯，因为，他觉得那些人受到了不公平的判处，值得同情。另一次是在半夜，因为他估计黑暗中会有罪犯，于是袭击了一群抬着棺材前往附近墓地的虔诚的修道士。还有一次他居然把一群羊当成了敌人的军队，举起长矛就刺穿了七只羊。

你打别人，也就要挨打。堂吉诃德和桑丘·潘沙身上到处都是青一块紫一块的，还有被打后留下的包。他们走路一瘸一拐，两个人总共少了九颗牙齿，就连那匹老马和驴子都筋疲力尽，急需休息。他们决定，在路过的客栈里住上几天。

头一天夜里，他就
幻想着，这座城堡
被施了魔法。

就连这家店，骑士也把它当成了城堡！他房间的房顶
上挂着由整张牛皮制成的大酒囊，头一天夜里，他就幻想
着，这座城堡被施了魔法，巨人和巫师都到房间里来要杀
他。他抓起放在床边的佩剑，从床上一跃而起，直接刺向
圆鼓鼓的牛皮酒囊，酒囊里的酒一下子从被刺出的洞和线
缝中喷涌出来。

桑丘·潘沙、店主和几个留宿的客人被怒吼声吵醒了，他们点起蜡烛，顺着声音找去，撞开堂吉诃德房间的门，结果每个人都惊呆了。地板被染成了红色，骑士也是红的，他的床也变成了红色。"救命啊！"桑丘·潘沙大叫，"我的主人被谋杀了！"他和客人们都把红葡萄酒当成了血。只有店主知道怎么回事，他扯开嗓子骂起来。"我那些上等的、昂贵的红葡萄酒啊！"他怒气冲冲地大叫，想让骑士赶快住手。可是，堂吉诃德还在卖力地跟魔鬼战斗，不断地刺向酒囊，刺出很多新洞。直到酒囊里的酒流得一滴都不剩，他们才费力地把堂吉诃德抬到床上。

在客人们返回房间的路上，有人说："我看得很清楚——骑士是闭着眼睛在打仗的！或许他患有梦游症？"

"据我所知不是的，"桑丘·潘沙回答说，"他只是犯困了。"

"犯困的人是不会打仗的。"又有个人说。

桑丘·潘沙自豪地说："我们就会！"

店主在他的房间里心疼他的酒，一直到第二天天亮。

"犯困的人是不会
打仗的。"又有个
人说。

挂在天地间的骑士

堂吉诃德坚持认为，那些酒囊就是巨人和巫师，他应该受到称颂而不是责备。最后，桑丘·潘沙偷偷地给了店主几个金币作为那些酒的赔偿。皆大欢喜，店主拿到了钱，在骑士眼里那还是巨人和巫师，其他客人们也获得了乐趣。

第二天晚上，堂吉诃德提出，晚上要有人看护城堡，而他自己很乐意做第一个看守城堡的人，大家都表示同意。他要特别注意，以免有新的巨人和巫师溜进城堡因昨天晚上的事情进行报复。天色暗了下来，他举着长矛，跳上马，在院子里站岗。马和马背上的人纹丝不动，看起来就像雕塑。

其他人都已经上床睡觉，这时，店里的女招待玛丽塔娜

和店主的女儿爬上贮藏室的房顶，从房顶的窗户可以直接看到院子。她们把堂吉诃德叫到跟前，用一种低沉的声音给他讲惊险故事。"我是城堡里的小姐，"店主的女儿轻轻地说，"而且，啊，骑士先生，我爱您！"

"城堡里的伯爵大人，就是她的父亲，为此就把她关在这里。"玛丽塔娜凑近他的耳朵说。

"帮我逃出去吧！"店主的女儿哀求，"把我救出去放到您的马背上，然后我们一起离开这里！"

"她会陪您到天涯海角的。"女招待随声附和地打着包票，"要是您的马上还能坐下一个人，那我也一起走！"

堂吉诃德恐惧不安。他说："我很荣幸能得到您的爱，尊贵的小姐。可是我的夫人是杜西尼娅·封·托波索，我要对她忠诚！"这时，店主的女儿哭了起来。玛丽塔娜哀求说："那么，至少把手伸过来表示道别！""我是那么爱您的手啊！"店主的女儿啜泣着。听到这些，骑士还真的站在洛基南特的马鞍上，把手伸进了天窗里。里面的两个人正等着呢！她们用一根结实的麻绳套住骑士的手，把绳的另一端系在房顶的横梁上，然后大笑着跑回去睡觉了。

这时，堂吉诃德就
挂在了天和地之间
的半空中。

　　堂吉诃德这下只能站在马背上，手上套着绳索，前后动弹不得！很幸运，洛基南特这时困得睡着了，站在原地没有动。可是，时间过得太慢了，远处有钟楼的报时声传来。夜晚总是很漫长，骑士站在那里浑身疼，他就那样站着、站着、一直站着，也没把手从绳套里弄出来。太阳渐渐升起，鸟儿开始欢唱，堂吉诃德站在那里一动不动。

　　大清早，有四个人骑马闯进院子，他们的人马又饿又渴，大喊着找店老板。突然，他们看见这个穿着全套骑士服装的人，面朝着墙，举着手站在一匹老马身上，他们都觉得不可思议，就连他们中的一匹马都觉得奇怪，就靠近要看个究竟。老马洛基南特好奇地转了下身，刚好往旁边迈了一步——这时，堂吉诃德就挂在了天和地之间的半空中。

　　他就挂在那儿，龇里哇啦地乱叫，因为绳子太紧，他的胳膊和手都脱臼了。女招待玛丽塔娜急忙爬到贮藏室的顶棚，剪断了拴在横梁上的麻绳。随即，骑士啪的一声摔在了院子里。人们把他扶起来，抬到床上，上好他脱臼的关节。所有人都想知道，他是怎么被套上绳子挂在半空中的。可是，他只是说，险恶的巫师给他施了魔法，把他套在了绳子里。从他那里再也得不到什么线索了。

坐在笼子里回家

　　在此期间，人们一直在疯狂地寻找骑士和矮胖子的下落。一开始是他们老家的牧师和理发师朋友，后来警察也出动了。在整个西班牙，除了堂吉诃德没有第二个人扮成骑士四处游荡，因此不久就有了这两个人的下落。堂吉诃德那脱了臼的胳膊已经好多了，他们坐在客栈门前晒太阳。能再见到牧师和理发师他们还是有点高兴的，尽管他们宁愿没被发现。可是，他们一点儿也不喜欢警察的到来，谁会乐意被警察到处找而且还不幸被找到呢！

"啊，以怨报德乃
世间常事啊！"

警察打算把堂吉诃德和桑丘·潘沙关起来！因为他们放走了被判划桨的囚犯，杀了七只羊，打了赶驴的人，给旅途中的夫人惹了麻烦，攻击了商人，损坏了风车，搞乱了抬着棺材送葬的队伍——一句话，警察完全知晓所有的事情，警长宣读了一长串对他们严厉的控诉。可是这些在堂吉诃德那里就完全是另一回事！"您知道什么？"骑士喊，"我打败了巨人，救了公主，帮助了穷人，摧毁了巫师，赶跑了敌军！国王应该赏我一块领地，而不是派你们来！啊，以怨报德乃世间常事啊！"

"我的朋友是有点
儿疯了。"

警长盯着他看了很长一段时间，然后说："您真的疯了！"他这边说着，那边就被牧师叫到一旁，牧师劝他说："您说的很对，警长先生，"他很担忧，"我的朋友是有点儿疯了。"

　　"有点儿？"警长生气地反问，"是太有点儿了！"牧师说："不管现在是有点儿疯还是太有点儿疯，都没有理由就把他关进监狱啊！"

　　"怎么就不行？"警长说，"要是谁冲进羊群杀死七只羊，那么他是强盗还是疯子都无关紧要，七只羊死了就是死了，您朋友的罪过远超过杀死七只羊，他就是危险分子，我们必须把他关起来。就这样了！"

"您把他交给我吧！"牧师请求道，"我把他带回家，我们一定会好好地看住他。他再也不会发疯了！也许他在家受到很好的照顾和严格的监视就恢复正常了！"

"那要是他半路上逃跑了呢？"警长问。

"他跑不了的，"牧师回答，"我郑重向您发誓！"

第二天，路上真的出现了一队奇怪的人马朝他们老家的方向走去：在一辆牛车上竖着一个木制的笼子。笼子里的堂吉诃德坐在干草上，双手被绑在一起。牛车旁边是骑在马上的牧师、理发师和桑丘·潘沙，他们紧紧地盯着，保证骑士一直坐在笼子里。简而言之：骑士坐在那里，觉得这种少见的回乡之旅很有趣！（人们知道该怎么来对付疯子们！）

　　一行人回到家之后，把堂吉诃德带到他的书房关了起来。女管家和侄女对他万分同情，把他的房间收拾得很舒服，然后把他带到床上。桑丘·潘沙随后也回到自己老婆孩子那里，挨个亲了一遍。"你给我带什么了？"吻过之后，潘沙夫人问。

　　"难以忍受的饥饿。"她老公说着就在饭桌旁坐下。

"再没什么了？"女人又问，感到非常失望。

"下次会更好的。"桑丘·潘沙说，"下次你就能得到一座岛屿，或者成为总督夫人。"

"我要岛屿做什么呢？"潘沙夫人说，"那样的话，我们的房子就显得太小了！那么，总督夫人又是什么？"

"就是总督的夫人！"

"那么总督又是什么？"

"总督夫人的老公！"

潘沙夫人说："啊哈！原来是这样！"

水城堡和冲浪池

一段时间都平安无事。堂吉诃德待在房子里，吃饱了睡，睡好了吃，慢慢地恢复了体力。桑丘·潘沙每天都去看望他，他们两个头凑在一起，嘀嘀咕咕，交换眼色——结果有一天，两个人又失踪了。

这次他们想去萨拉戈萨。因为他们听说，在神圣的格奥尔格的纪念日那天，萨拉戈萨要举行骑士比武。堂吉诃德当然想去参加，而且一定要获胜，得到嘉奖。因此，他自己也发誓，在去比赛的路上不做任何冒险行为，他想还是要按时到达萨拉戈萨。可是，奇遇不断上门，他没有专门要去历险，可他无法摆脱找上门来的奇事。

可是，他是勇敢
的骑士，不允许
自己这么懦弱。

　　比如，他们碰到了三头狮子，是奥兰的将军送给西班牙国王的礼物。狮子关在笼子里，骑士完全可以安安静静地从狮子旁边走过去。可是，他是勇敢的骑士，不允许自己这么懦弱。他就让那些兵士把关着最大的那头狮子的笼子打开。在他长矛的威胁之下，士兵们迫不得已打开了笼子，浑身颤抖地跑到田地里，等着可怕的事情发生。"出来，沙漠之王！"堂吉诃德喊道，还用长矛捅了捅里面的狮子，"让我们看看，到底谁更强！"可是，狮子只是动了动它那壮硕的头，瞟了一眼，打个哈欠继续睡觉。狮子太困了，根本没力气跟外面的人发火。由于时间宝贵，骑士只得停手，跟桑丘·潘沙一起继续上路。

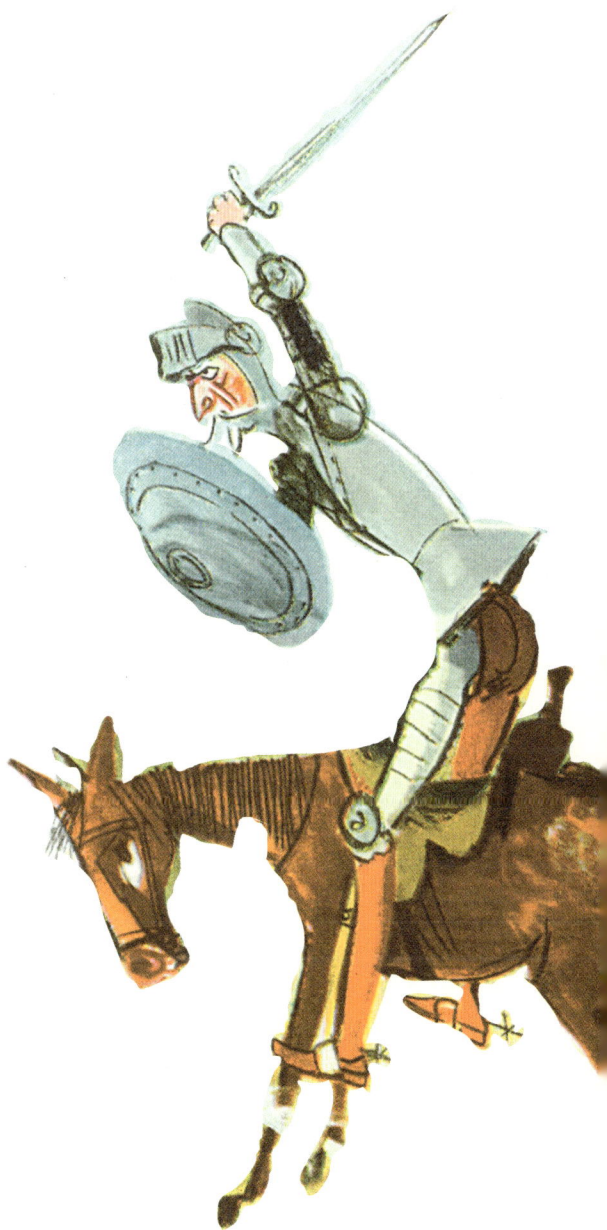

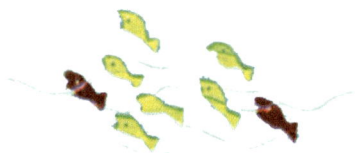

第二天，堂吉诃德顺着绳爬到了蒙特西诺洞穴的深处，在他之前还没有人到过那里。几个时辰过后，他从下面爬上来，讲了他在地下的奇遇。桑丘·潘沙知道最聪明的做法就是：相信堂吉诃德说的每一个字。——晚上，他们去看走街串巷的木偶戏表演，堂吉诃德看到舞台上表演打仗的情节，拔出剑就冲了上去。台上的东西无一幸免，都被他打得粉碎：木偶，舞台布景和丝绒幕帘！台下的观众们都被吓跑了，木偶团老板列出一张很长很长的账单，桑丘·潘沙气得咬牙切齿，但也得赔偿，要不那老板就要叫警察。干瘦的骑士和矮胖子两个人对警察可是一点兴趣都没有。

在他们前往萨拉戈萨的途中，经过了埃布罗河，岸边孤零零地停泊着一艘渔船。"看到那艘战船了吗？"骑士问。

"没有，"桑丘·潘沙回答，"我只看到一只小渔船，没别的东西了。"

"那艘战船是魔法师派来的，要让我们划船去救被绑架的国王或者某个公主！"矮胖子对骑士也无计可施。他们先把马和驴拴在一棵柳树上，随后爬到小渔船里。岸上的驴和马满腹怨气地嘶叫着。

两个人都没有船桨，船就这样顺着水流随意地漂来漂去。正好附近有台水车，水车的轮子在不停地转动，船也就一直在水车打出的旋涡里打转转。堂吉诃德大喊："看到那个水

城堡了吗？"他突然站起来，忽地一下拔出剑，船也差点翻了过去。

"那是水车，"桑丘·潘沙说，"我们就要钻到水车桨轮下面了！"这时，磨坊主拎着长棍和船桨朝水车跑来，想把船拖回来，以免真的钻到桨轮下面。磨坊主满脸都是白色的面粉，看起来就像个幽灵。堂吉诃德挥舞着手中的剑，大叫："快放了你关起来的人！国王、公主，或者其他什么人！"他一边喊，一边发疯似的朝磨坊主手里的长棍和船桨上砍去，

騎士和矮胖子都
掉进水里。

本来磨坊主是要帮他们远离正在转动的桨轮的。船一下子翻了，骑士和矮胖子都掉进水里。要不是几个找船的渔民及时赶到，这俩人真的会被淹死。渔民们把这两个偷船贼从水里拉上来，眼睁睁地看着堂吉诃德的"战船"钻到了桨轮下面，顷刻间变成了一堆碎木片。桑丘·潘沙又得掏腰包了，渔民们张口要了个好价钱，才把这两个古怪的人带回岸上，他们的马和驴还在柳树边上耐心地等他们回来。

"我感到很羞辱，"骑士说，"因为我们没有解救出国王、公主或者其他人。"

"我也很害臊，"桑丘·潘沙说，"因为我们把您的钱都白白地扔掉了。"

然后他们把衣服、盔甲包括他们自己放在下午的阳光下晒晒。桑丘·潘沙睡着后做了梦：他离开了主人，以最快的速度飞奔回家。

人们总是梦到自己想做，但是在现实中从来都不做的事情。

骑在木马上飞行

　　他们还没到萨拉戈萨，就又碰到了令人啼笑皆非的事情！穿过一片森林时，他们碰到了一队王室狩猎的人马，其中的公爵拥有这片森林、很多村庄和一座豪华城堡，公爵邀请面前的这两个家伙到他那里做客，住上一段时间。再加上公爵夫人也请求他们留下来，真是盛情难却啊。

　　他们就在城堡里住了下来，在公爵的宴席上，讲着他们所有的历险。公爵夫妇以及亲戚朋友们对这俩人的奇异经历

简直喜欢得不得了，经常笑到都不能继续吃东西了。只有牧师对此非常不满，第三个晚上，他满脸通红，气呼呼地说："我受够了，公爵先生，这两个疯子完全是在胡编乱造，您还在笑！这两个家伙一走，您告诉我一声！在此之前，我不出房门半步！晚安！"说罢，他站起来走了。

那之后，城堡里乐趣不断。公爵夫人、

公爵和其他的贵族王公好像跟堂吉诃德一样，完全相信有巨人、巫师、魔鬼和飞驰的骑士，他们怎么都听不够这些故事。之前他们总是百无聊赖，现在他们觉得时间过得飞快，他们只有一点担忧：堂吉诃德会离开他们。一天，这个时刻终于到了。堂吉诃德向公爵夫妇深鞠一躬，说："我现在给您讲完了我所有的历险，也讲完了我所知道的有

"您不能走！"公爵喊出来，"历险不只在遥远的地方才有！"

关巨人和巫师的故事。因此，请您准许我和我的马夫出发去萨拉戈萨，这样好在其他地方有新的经历。"

"您不能走！"公爵喊出来，"历险不只在遥远的地方才有！"

"要是附近也会有奇妙的历险，"骑士说，"那我们就再住上一阵，公爵先生。"

公爵喊来他的朋友们，一起想出了一个难以置信的故事，想给骑士惊喜，同时他们也能娱乐一番。这是一个关于长胡子的女人、巫师马拉姆布鲁诺和叫作榫子木的马的故事。第

"要是附近也会有奇妙的历险，"骑士说，"那我们就再住上一阵，公爵先生。"

二天晚上，这个故事就上演了。

用餐的时候，突然出现了很多脸上长满胡子和毛发的女人！她们哭着，跪倒在地，请求帮助。巨人巫师马拉姆布鲁诺给她们施了魔法，让她们的脸长出胡子，把她们从家乡坎达亚王国赶到这里，还说，要是她们能找到勇敢的堂吉诃德骑士，让他跟自己决斗，女人们才会被解除魔法。听罢，堂吉诃德已经跳了起来大叫道："我愿意去！这个马拉姆布鲁诺在哪儿？我的剑呢？"

其中一位最高贵的胡子女人说："您真是名不虚传！今天马拉姆布鲁诺就会派一匹木马从空中飞过来，然后带您和您的马夫到他的王国去决斗！"

"可别带走我父亲的好儿子。"桑丘·潘沙心里很害怕。

这时，公爵的一个仆人跑到大厅来报告，说有一匹木马从云彩上下来，落在了花园里！所有人都跑到花园里，看到真的站着一匹木马。这匹木马的名字很奇怪，叫"榫子木"。它确实是由木头做成的，而且在两只耳朵之间真的有个榫子，靠这个榫子就能在空中控制木马前进的方向。人们蒙上了骑士和桑丘·潘沙的眼睛，以免他们在天上飞的时候头晕，然后扶他们上马并大声向他们道别。一开始声音很响，然后就越来越小，越来越小，这样，骑在马上的两个人就会以为已经上路，正飘浮在天上呢。仆人踮起脚，悄悄地溜到他们身边，用风箱给他们吹风，拿着火把在马头前晃来晃去，这让堂吉诃德和矮胖子觉得，他们正在经过风暴和云层以及炎热区域。

公爵和客人们屏住呼吸围着木马站着，偷听马身上那两个人的对话，这俩人还真以为自己在天上，周围的人都紧闭着嘴巴，免得憋不住笑出声来。最后，仆人用火把点着火炮的引线，所有人一溜烟全跑到边上，躲在灌木丛里和大树背后，一阵阵闪光和噼里啪啦的响声，就好像他们在大暴雨前的云层里！堂吉诃德和桑丘·潘沙现在真的飞在空中了，哪怕只有一秒钟！紧接着，他们就像两只装炭的袋子一样重重地摔在了草地上，昏了过去。

他们醒过来时，木马不见了。公爵躺在地上，假装不省人事，女人们脸上的胡子也消失了，她们高兴地拥抱在一起。堂吉诃德身边的草地里插着一根长矛，矛上系着张羊皮纸，纸上写着：

我，巨人巫师马拉姆布鲁诺，现在还那些胡子女人以美貌。我万分感谢，勇敢的骑士您能来跟我决斗。决斗本身已经无关紧要了。

巨人巫师

马拉姆布鲁诺

这时，公爵从"昏厥"中清醒过来。他和其他人向摆脱胡子困扰的女人们表示祝贺，高度赞扬堂吉诃德是最勇敢的穿着盔甲的西班牙人。这根本就不是赞扬，因为，在整个西班牙，除堂吉诃德之外没有第二个人还穿着骑士的盔甲……

开进巴塞罗那

公爵一群人就这样拿可怜的骑士和他的马夫寻开心。可是，慢慢地他们觉得这些闹剧也很无趣。就在堂吉诃德再次提出要离开的时候，公爵不仅没有反对，而且还给了两个人路费，让他们上路了。他们匆匆忙忙地向萨拉戈萨赶去，要不是半夜他们落到了40个强盗手里，他们还是可以按时到达比武大赛现场的。

强盗的头目叫罗克·桂纳特，出身于巴塞罗那的一户贵族人家，他对手下人管教严格，想重回家乡做一个正直的人，可是他做的坏事实在是太多了！巴塞罗那的总督会立刻下令把他送上绞刑架！他不得不还继续做他的强盗头子。这个可怜的人喜欢看到别人笑，所以他就给老朋友堂安东尼奥捎口信，只要堂吉诃德一到巴塞罗那，就立刻告诉他。

"万岁，堂吉诃德！万岁，堂吉诃德！乌拉，堂吉诃德！"

堂安东尼奥骑在马上，很多兴高采烈的人早早等在城门前迎接骑士和他的随从。那天正好是施洗约翰节，港口和岸上都在举行盛大的阅兵仪式。堂吉诃德觉得，那些在水面上曲折绕行的帆船和战舰，从他身边经过的军团，飘动的旗帜和打向水里和陆地上的礼炮都是为迎接他而准备的。尤其是当他听到前来观看的人，不只是街巷里的小孩子，都在高呼他的名字。"万岁，堂吉诃德！万岁，堂吉诃德！乌拉，堂吉诃德！"他深受感动，自豪地向大家问候，他还不知道，自己的背后贴着一张纸条！是堂安东尼奥偷偷地粘上去的，

这将成为他一生
中最糟糕不幸的
一天……

纸条上写着："我是最勇敢的骑士堂吉诃德！向我致敬！"
堂吉诃德心里暗想："这是我一生中最美妙的一天！"人人
都会犯错，他怎么都没有想到，这将成为他一生中最糟糕不
幸的一天……

　　阅兵仪式结束后，堂吉诃德在沙滩上碰到了另一个骑
士！那个人的盾上有个银色的月亮，面甲放下遮住了他的脸。
他挡住了堂吉诃德的路，喊道："我的女人比您的女人漂亮
一倍！"

　　"您撒谎！"堂吉诃德听不得这个。

　　"比您的杜西尼娅·封·托波索要漂亮三倍！"那个银
月亮骑士吼道。

"那就来决斗吧！"堂吉诃德说。

"好！"那个骑士也不示弱，"打败的人以后要听从胜者的命令！"堂安东尼奥被选为裁判。他划分出比武的场地，检查了他们的盔甲、长矛和马，然后让比武的两个人各就各位，发出了第一轮比武的口令。

很快就决出了胜负。银月亮骑士没带武器就跳到场地中间。他的马要比瘦弱的洛基南特强壮迅捷多了，马的头一下子撞在了洛基南特的肋骨上——堂吉诃德早已经掉进了沙子里！对手用长矛尖抵住堂吉诃德的胸口说："我赢了，命令您马上回家，一年时间不许碰盔甲和长矛！"

"我被打败了，"堂吉诃德严肃但很神圣地说，"我听您的，我信守诺言。"说罢，堂吉诃德让人把自己扶上马后，头也没回地从巴塞罗那扬长而去。桑丘·潘沙骑着他的驴一路小跑紧随其后。

在他们走远，消失在视线之外的时候，堂安东尼奥问银月亮骑士他到底是什么人。"我叫西姆森·卡拉斯科，"银月亮骑士说，"我也来

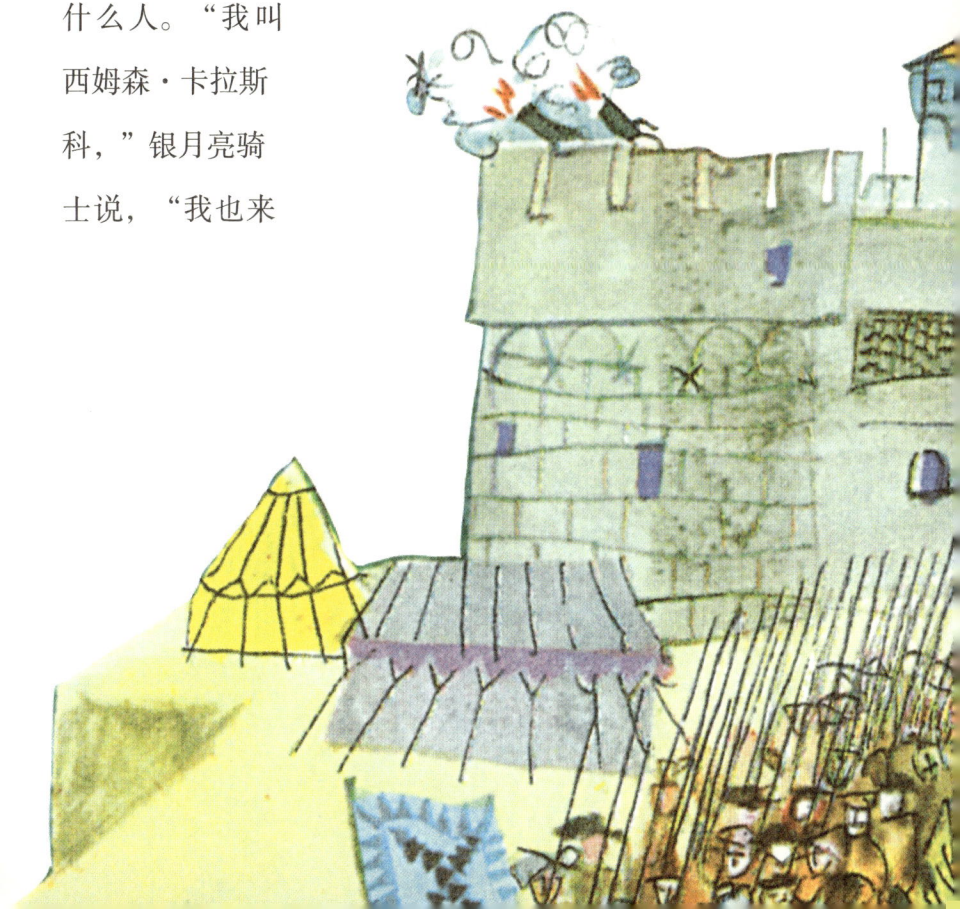

自堂吉诃德的家乡，是他朋友的朋友。我们都在为他担心，有人就委托我把他带回家，所以我才打扮成骑士，而且必须得打败他。"

"他会信守诺言吗？"堂安东尼奥很是怀疑。

"堂吉诃德不会食言的！"西姆森·卡拉斯科回答。他回到自己住的旅店，脱下身上的盔甲，换上普通的上衣。

堂吉诃德确实遵守了自己的诺言。林中休息时，他把盔甲、佩剑和长矛挂在了一棵粗壮的老树上。他们就这样一路郁郁寡欢地回家去了。家里人欣喜若狂，女管家、理发师、牧师、侄女和潘沙夫人张开双臂迎接他们的回归，尽管他们没有带回

来领地和财富。

"你们又回来了，"他们高兴地说，"这才是最重要的！"

表面上一切都归于平静。堂吉诃德变得冷静了，也会拿自己的历险当笑料，朋友们就笑得更厉害。可是有一天，他躺倒在床上跟所有人告别，尤其是桑丘·潘沙，道别后就闭上眼睛，再也没醒过来。堂吉诃德带着他的梦离开了人世。

完

作者简介：

　　埃里希·凯斯特纳 1899 年出生于德累斯顿。他在大学完成了日耳曼文学、历史、哲学和戏剧史的学业之后，靠做戏剧评论家、为报纸和杂志做撰稿人为生。后来，凯斯特纳成为了著名的儿童书籍作家。作为作家，他在 1928 年通过他的诗集《在腰上的心》，以及一年之后他的首部儿童书籍《埃米尔和侦探们》受到瞩目。此外，他还获得过格奥尔格·毕希纳文学奖，国际安徒生奖及国际青少年图书奖。

　　埃里希·凯斯特纳于 1974 年在慕尼黑逝世。

绘者简介：

　　豪斯特·莱姆科，德国著名插画家，1922 年生于柏林，就读于柏林艺术学院，二战后在报社和出版社担任美编。1951 年，瓦尔特·特里尔去世后，莱姆科开始为凯斯特纳的新书绘制插图。他是凯斯特纳的亲密好友。他还为林格伦、克吕斯等著名童书作家画过插图。他曾入围国际安徒生奖插画奖提名。他还曾获得"刘易斯·卡罗尔书架奖"（1961）和联邦德国一级大十字勋章（1983）。1985 年他在瑞士去世。